幼兒全語文階梯故事系列

# 排隊

袁妙霞 著
野人 繪

園丁文化

今天天氣很好，小鴨子到公園去玩。

小鴨子排隊打鞦韆。

小鴨子排隊玩滑梯。

小鴨子排隊玩攀架。

不好了，小鴨子突然肚子痛。

「我要上廁所！」小鴨子說。

「我……我這次可以不排隊嗎？」
小鴨子快要忍不住了。

# 導讀活動

## 進行方法：

❶ 讀故事前，請伴讀者把故事先看一遍。
❷ 引導孩子觀察圖畫，透過提問和孩子本身的生活經驗，幫助孩子猜測故事的發展和結局。
❸ 利用重複句式的特點，引導孩子閱讀故事及猜測情節。如有需要，伴讀者可以給予協助。
❹ 最後，請孩子把故事從頭到尾讀一遍。

## 提問

**封面**
1. 圖中的小動物，一個跟着一個的，他們在做什麼呢？你試過排隊嗎？在什麼情況下你會排隊呢？
2. 請把書名讀一遍。

**P2**
1. 圖中是什麼地方？天氣怎樣？
2. 你猜小鴨子來公園做什麼？他手中拿着什麼東西？

**P3**
1. 誰在盪鞦韆呢？你猜小鴨子也想盪鞦韆嗎？
2. 小鴨子在吃什麼？你猜小鴨子排隊做什麼？

**P4**
1. 誰在玩滑梯呢？你猜小鴨子也想玩滑梯嗎？
2. 小鴨子的雪條哪裏去了？他手裏還拿着什麼？你猜小鴨子排隊做什麼？

**P5**
1. 誰在玩攀架呢？你猜小鴨子也想玩攀架嗎？
2. 小鴨子在喝什麼？你猜小鴨子排隊做什麼？

**P6**
1. 小鴨子哪裏不舒服了？
2. 你猜他為什麼會肚子痛呢？

**P7**
1. 小鴨子向着什麼地方跑去？
2. 你猜他為什麼跑得這麼急？

**P8**
1. 小鴨子去到廁所，有其他人在輪候嗎？你認為小鴨子需要排隊嗎？
2. 小鴨子實在太急了，你猜他對排在隊伍前面的野豬哥哥說什麼？

# 說多一點點

## 守秩序

在公眾地方，人人都要遵守秩序。如果大家都不守秩序，社會就會變得亂七八糟了。日常生活中，我們要養成守秩序的好習慣，例如：

排隊上車

購物後排隊付款

按照交通燈號過馬路

# 字卡

❶ 把字卡全部排列出來，伴讀者讀出字詞，請孩子選出相應的字卡。
❷ 請孩子自行選出多張字卡，讀出字詞並口頭造句。

請沿虛線剪出字卡。

| | | |
|---|---|---|
| 排隊 | 今天 | 天氣 |
| 公園 | 鞦韆 | 滑梯 |
| 攀架 | 突然 | 肚子痛 |
| 廁所 | 這次 | 忍不住 |

幼兒全語文階梯故事系列
第２級（初階篇）

《排隊》



幼兒全語文階梯故事系列
第２級（初階篇）
《排隊》
©園丁文化

幼兒全語文階梯故事系列
第２級（初階篇）
《排隊》
©園丁文化

幼兒全語文階梯故事系列
第２級（初階篇）
《排隊》
©園丁文化

幼兒全語文階梯故事系列
第２級（初階篇）
《排隊》
©園丁文化

幼兒全語文階梯故事系列
第２級（初階篇）
《排隊》
©園丁文化

幼兒全語文階梯故事系列
第２級（初階篇）
《排隊》
©園丁文化

幼兒全語文階梯故事系列
第２級（初階篇）
《排隊》
©園丁文化

幼兒全語文階梯故事系列
第２級（初階篇）
《排隊》
©園丁文化

幼兒全語文階梯故事系列
第２級（初階篇）
《排隊》
©園丁文化

幼兒全語文階梯故事系列
第２級（初階篇）
《排隊》
©園丁文化

幼兒全語文階梯故事系列
第２級（初階篇）
《排隊》
©園丁文化